世界的重量

[葡萄牙]努诺·朱迪斯　著

姚风　译

广西师范大学出版社
·桂林·

努诺·朱迪斯

词语的重量与传统和现代的建构
——2022年度"1573国际诗歌奖"颁奖词

"1573国际诗歌奖"评委会主席　吉狄马加

葡萄牙拥有深厚悠久的诗歌传统，文学史上优秀的诗人层出不穷，群星闪烁，路易·德·卡蒙斯、费尔南多·佩索阿、埃乌热尼奥·德·安德拉德、索菲娅·安德雷森更是代表了不同时期的葡萄牙诗歌的最高水平以及对世界的影响，毫无疑问，在今天努诺·朱迪斯便是承继和发扬这一传统的诗人，自从他二十世纪七十年代初发表处女作诗集《诗的概念》开始，便引起强烈关注，从而开始了漫长而持续的创作生涯，迄今已经出版三十三部诗集，成为当今葡萄牙诗歌具代表性的诗人之一，在国际文学界也受到高度认可。

努诺·朱迪斯的诗歌写作根植于深远的文化背景和谱系之中，写作题材广泛而多样，他穿行于历史与现实、传统与现代、远方与当下，以丰盈的想象力和强大的词语调度能力触及并对应日常生活的经验，在审视、批判、反讽或者戏剧化的场景中确立抒情与叙事交织叠加的美学原则，捕捉和发掘词与物之间的微妙与能量，让诗歌在时而简朴澄明、时而混沌神秘的语境中生成。他回溯并触摸葡萄牙民族在历史中留下的光荣与衰颓的记忆，审视并思考国家在时代的嬗变中所折射的镜像，通过对个人经验敏感而冷静的书写去勾勒民族精神的面貌。

与此同时，他深切地关注人与世界的关系，以自由精神和人文情怀呈现和反思个人如何在"人间戏剧"的舞台上扮演自己的角色。作为学识渊博的学者，他熟稔西方传统文化的遗产并沉潜其中，结合现代人的感受和智性给古老的神话和传说带来不同的诠释。他心存谦卑和敬畏，善于聆听经典大师穿越时空的声音，通过解读他们的文本从而提炼深具现实感的诗意。他迷恋词语的力量，也是一位勤勉的词语劳作者，对诗学的重构具有深入而独特的思考和见解，并把它们铺垫为个人写作的底色。他的写作体现了诗歌写作所面临的难度，以及挑战这种难度所做的种种努力。

有鉴于此，我们将2022年度"1573国际诗歌奖"颁发给当代葡萄牙诗歌杰出代表之一的努诺·朱迪斯。

2022年10月25日

The Weight of Words and the Reconstruction of Tradition Versus Modernity
The Jury's Presentation Speech of the 2022 "1573 International Poetry Award"

Jidi Majia, Chairman of the Jury of the"1573 International Poetry Award"

Portugal boasts a time-honored tradition of poetry. Outstanding poets come to the fore in an endless vista. Luís Vaz de Camões, Fernando Pessoa, Eugénio de Andrade, Sophia de Mello Breyner Andresen are some of the more representative poets who have attained the highest level of international renown in different periods and have exerted substantial influence upon their fellow poets around the world. There is no doubt that Nuno Júdice is one of the worthy heirs who have carried on with this tradition into our era. Since his poetic debut ,ie, *The Concept of Poetry* in 1972, he has garnered a sustained critical attention, embarking on a most fruitful and creative career in letters.Widely considered one of Portugal's national literary treasures, he is a prolific writer with an astonishing number of published works including 33 poetry books, 16 volumes of fiction, 11 collections of essays, and five produced plays.

Nuno Júdice's body of work is deeply rooted in the home grown cultural background and genealogy, with a wide range of subject matters. He travels through history and reality, tradition and modernity, distance and immediacy. Preoccupied by a set of recurrent themes, and increasingly addressed through a more contained and, perhaps, more chiselled style, his imagination soars above the mundane under the aesthetic principle of interweaving lyric and narrative in scenes of examination, criticism, irony or drama. Capturing and exploring the subtlety and energy between words and things, he turns out poetry that is at times arcane and limpid, surreal and dreamlike. Looking back on the memories of glory and decline connected to the Portuguese nation in progress, he examines the contorted image of the country reflected in the ebb and flow of the times, painting a silhouette of the national spirit through sensitive and cool meditations combined with his personal testimonies.

At the same time, he delves into the relationship between man and the world, focusing on the role played by a modern individual in the "human comedy" infused with the spirit of freedom and humanistic feelings. A graduate in Romance philology, he is well versed and immersed in the heritage of the western world, which he has pondered and reevaluated through the spectrum of the evolving wisdom of our contemporary intellectualism, coming up with interesting interpretations to ancient myths and legends. Humbled and in awe, he is all ears to the voices of classical masters through time and space, distilling the truly poetic by re-reading their texts. He is infatuated with the power of words. A diligent wordsmith, he harbors some of the most original thoughts and views on the reconstruction of poetics, and his writing has been a perfect specimen of the torments and dilemmas confronting all modern poetic practice as well as the astonishing amount of his daring effort into the genre for which he has been known increasingly to the world.

In view of this, we will award the 1573 International Poetry Award to Nuno Júdice, one of the outstanding representatives of contemporary Portuguese poetry.

October 25th, 2022

获奖感言

努诺·朱迪斯

　　我首先衷心感谢评审委员会和赞助商把"1573 国际诗歌奖"颁发给我，以表彰我的诗歌创作，我深感荣幸。一个奖项不仅是对我们所做的工作的认可，也是对我们坚守诗歌之路的一种鼓励。如果说我坚持不懈地走在这条路上，是因为对我来说，诗歌是寻找一种世界性语言的途径，以超越我们自己的语言和文化的限制，从而抵达那些希望通过阅读诗歌，为心中的焦虑寻找答案的读者。诗歌，从我们开始阅读的那个时刻，便走进我们的生命，其意象和思想便把梦想与现实融为一体，让我们以一种更深入、更洞彻的方式去审视世界。我曾两次到访中国，亲身了解到诗歌在一个古老的文明中所享有的崇高地位。我结识了许多中国诗人并成为他们的朋友，还和许多读者、听众进行了交流。这个奖项会加深我与中国、与中国诗歌的联系。中国古典诗人对意象的重视和对自然的敬畏让我获益匪浅，而中国当代诗人也在世界诗歌中占有突出的地位，因此我为自己可以沿着先辈诗人的足迹前行而心存感激，也为可以与我敬佩和尊重的这个伟大国家的诗人结为知己而感到欣慰。

译者序

努诺·朱迪斯（Nuno Júdice）是自二十世纪七十年代以来葡萄牙诗歌具代表性的声音之一，作为一位学者型的高产诗人，他在葡萄牙诗坛从未沉寂过，始终保持着饱满的创作热情，甚至在某个阶段每年都有新诗集问世。他除了在大学教授文学课程并担任葡萄牙最著名的文学研究杂志《对话/文学》（*Colóquio/Letras*）的主编之外，还涉足散文、小说、文学批评、戏剧、电影剧本等领域的创作，发表的作品数量惊人。作为翻译家，他翻译过莎士比亚、狄金森、吉狄马加等人的作品。他在葡萄牙获得过多项文学奖，在国际上也受到高度认可，曾荣获智利"巴勃罗·聂鲁达诗歌奖"、西班牙"伊比利亚美洲索菲娅皇后诗歌奖"、墨西哥"胡安·克里索斯托莫·多利亚人文科学奖"等等重要奖项，近些年来在诺贝尔文学奖的候选人名单中，也会看到他的名字。

葡萄牙有悠久深厚的诗歌传统，是葡萄牙文学最光灿夺目的文学类型，文学史上伟大的诗人层出不穷，卡蒙斯以他的史诗和抒情诗的写作，不仅改变了葡萄牙语，把它提高到崭新的高度，也把葡萄牙文学推到了历史的顶峰。到了现代，佩索阿承先启后，开辟了一个全新的文学时代，他那繁杂而极富个性的写作影响了无数人，也让葡萄牙诗歌举世瞩目。自他之后，葡萄牙诗歌依旧朝气蓬勃，不断涌现的诗人总是走在文学创新的最前端，对语言、形式、表达进行大胆而不懈地追求和探索，成果丰硕，正如著名诗人加斯坦·克鲁斯（Gastão Cruz）所言："在葡萄牙的文学艺术中，诗歌永远是最现代的。"

如果说卡蒙斯是迎向波澜壮阔的时代纵情高歌，那么佩索阿则是在国运衰微的年代以逃离的姿态拉大与世界和人群的距离，在更大的自由时空中去书写他的不安之书，在生活即虚构、虚构即生活的悖论中变换着一张张诚实的面具，去寻找自我中的自我和他者。在佩索阿的前后和周围，群星闪烁，一些短命的天才诗人如流星一般划过天空，却留下永远燃烧的光束，如西萨里奥·维尔德（Cesário Verde）、卡米洛·庇山耶（Camilo Pessanha）、马里奥·德·萨—卡尔内罗（Mário de Sá-Carneiro）、安东尼奥·诺布雷（António Nobre）等人。第二次世界大战后，两种截然不同的诗歌思潮在葡萄牙诗坛出现：超现实主义和新现实主义。自从独裁者萨拉查上台以后，葡萄牙便成为一个闭关自守、人民的自由空间被严重限制的国家，新现实主义就是在这种政治环境中产生的，它主张文学应该介入社会生活，揭示社会黑暗，与重视无意识写作的超现实主义形成鲜明的对比。尽管萨拉查的独裁统治并非对文学创作放任不管，秘密警察也监视和干预作家们的写作，但诗歌创作依旧充满活力，具象主义、实验主义等诗歌流派相继出现，涌现出一大批优秀的诗人，如埃尔贝托·赫尔德（Helberto Hélder）、索菲娅·安德雷森（Sophia Andresen）、若热·德·塞纳（Jorge de Sena）、拉莫斯·罗萨（Ramos Rosa）、埃乌热尼奥·德·安德拉德（Eugénio de Andrade）等。正是在这样的文学环境下，努诺·朱迪斯在二十世纪六十年代末期初露头角，一出现便引起人们的关注，与他同时代的诗人费尔南多·平托·多·阿马拉尔（Fernando Pinto do Amaral）在评论朱迪斯的早期诗歌时这样写道："努诺·朱迪斯的诗歌把我们引向殊异的世界，他的玄想以别样的美学感觉为支撑，采用了一种繁复的修辞方式，巧妙地用于近似狂喜的叙事之中，从而让诗歌笼罩在黄昏和世纪末的氛围之中。然而，他在形式上的刻意为之（这是十分诱人的）并不是空中楼阁，而是源于他的'激情启示录'，其中包括对从未发生的旅行的回忆、想象中的不幸爱情故事、阴影中的低语。"

1972年，朱迪斯出版了处女作《诗的概念》，在第一本诗集中便表现出对诗歌与语言的关注以及对"诗歌行为"的思考，探求诗歌文本在社会中存在的意义和价值，此后这种思考和探求始终贯穿着他的写作。消费主义、实用主义和科技进步所带来的网络文化的盛行，让诗歌变得更加边缘化，而诗歌如何在这种境地中继续生存，诗人如何在实用主义的喧哗声中发出自己的声音，诗意文字如何吸引人们的阅读和聆听。也就是说，诗歌如何重构它与世界与读者的关系，是诗人需要面对的问题。在朱迪斯的访谈、讲座和创作中可以看到他对这些问题的深入思考和议论。他也尝试过一些跨界实践，比如诗歌与电影的结合。此外，诗歌与语言、诗歌与传统、诗歌与激情之间的关系也是他的诗歌常常触及的主题，这在他的《灵感论》《如何写一首诗》《为写一首诗》《起始》等诗作中可略见一斑。然而，朱迪斯并不认为诗歌具有改天换地的力量，他曾这样说："我无法同意诗歌可以改变世界这一浪漫的想法，我更愿意把诗歌看作是改变自我的方式。"

朱迪斯的诗歌写作既有浪漫主义的情怀，也在现代主义和后现代主义的边界漫游，有评论家认为他的写作可被称为"忧郁的诗学"，其基调往往是忧伤的、悲观的，但这种说法只是相对而言，因为这并非诗人唯一的基调。由于他涉及的诗歌主题十分庞杂，记忆、时间、语言、历史、自然、爱情、宗教、死亡、童年、艺术等都是他经常涉及的主题，基调也会因不同的时间和主题而发生变化，况且在其漫长的创作生涯中，作为诗歌主体的"我"也始终在变化，今天的"我"已不是昨天的"我"。就宏观的角度来说，诗人在根本上关注的还是人与世界的关系，人如何在"人间戏剧"的舞台上扮演自己的角色，很多时候他的观察、关注、思考和质询，是通过建立在自我与他者、自我与世界、自我与回忆、自我与先人、自我与自我的关系中进行的，在这种错综复杂的关系中有阴影的废墟、回忆的碎片、爱情的遗痕、虚构的对话、内心的独白以及忧郁面孔上绽出的微笑。谈及自己的诗歌，他曾经说他的诗"本质上是对世界、对生命、对个人、对我们所有人的反思"。

回忆和爱情是朱迪斯偏爱的诗歌主题，它们像富饶的矿藏，总有取之不尽的素材。童年生活、独裁统治时期的生活印记、他所认识或交往的人、游历世界各地的印象或记忆都会触发他的敏感和想象，写成一首首诗。而爱情，作为连接人与人最有张力的情感纽带，是朱迪斯持续书写的一个主题。"爱情诗"在他的诗歌中占有不小的比重。不过，这个主题是在不同的层面上表现的：爱情作为对往事的回忆，作为一种难以实现的情感寄托，对神话传说和历史上的爱情故事的解读或解构，对普通人情爱经验的想象与触摸，或者仅仅借爱情诗的写作去探索诗歌写作的可能性。因此，他在爱情诗中所涉及的人物与故事，有些或许来自诗人真实的体验，但很多则来自想象和虚构。他让自己置身于葡萄牙和西方爱情诗的抒情传统之中，从真实、想象、虚构的多重角度聚焦爱情，从而寻找和确立诗人作为抒情主体的特权。

如果说朱迪斯的诗歌写作以"忧郁的诗学"为基调，那是他通过感受个人的孤独与悲伤从而省察人类生存的境况，对此他并不是一个乐观主义者。他认为人类的"黄金时代"已经过去，他是站立在废墟上写作的，而"废墟"是他经常使用的一个意象。在科学技术日新月异、交流工具更为便捷的今日，人与人之间的距离非但没有缩小，反而缺少了对话和交流，甚至难以沟通。在《影像》一诗中，慕尼黑火车站的孤独和冷寂折射的是世界的孤独和冷寂，人们甚至失去了可以对话的语言和语境，尽管诗人渴望重新找到相遇的可能性，但悲哀的是诗歌只能表达和呈现，无力改变这种现状。

诗歌呈现的是一种诗人的主观和客观互为交映的真实，这是经过诗人的灵感、想象和感觉而抵达的真实，是世界在他的内心和感官中折射出来的镜像。朱迪斯的诗歌常常在隐匿和呈现中表现出一种智性与感觉交织的纹理，用糅杂了抒情与叙事、意识与潜意识、明晰与隐晦的语言探寻世界中的"可见之物"和隐蔽的"不可见之物"，比如在《写给一个夜晚和几条狗的交响曲》中，深夜里狗吠的"交响"会唤起他探寻"不可见之物"的欲望。

作为学者型诗人，朱迪斯学识渊博，熟知西方的古典文化传统和近现代文化思潮，因此他的写作以深厚的文化背景作为参照谱系，他与那些他阅读过的诗人、小说家、哲学家、艺术家等结为知己，与他们对话，与他们的文本对话，所以他的诗歌牵连着宽广的互文性语境。他在漫长的诗歌写作中形成了自己独特的诗歌语言，这种语言具有杂糅混合的性质，时常让诗歌和散文两种语言风格互为交织，以弱化抒情和叙事之间的边界，从而让文本获得更为自由的生长空间。他的诗歌交织着渊博的学识、沉静的哲思和诗性的抒情，从而形成了一种独特的语调。他有不少简短明晰的短诗，但也有大量使用长句的诗作，具体性和抽象性相互渗透，语言繁复而晦涩，表现出一种不断挑战写作难度的倾向。

我与朱迪斯相识多年，他曾为我 2014 年在葡萄牙出版的葡文诗集《厌倦语法的词语》写过评语；2017 年，我向北岛先生推荐他参加"香港国际诗歌之夜"的活动，他有机会访问了香港和武汉并写下数首诗作，这本选集收录了他写武汉的一首诗。选集中的绝大部分诗作由朱迪斯自选，按照写作时间排序，基本上代表了他诗歌写作的各个阶段，但由于他的诗歌数量庞大，这些诗作只占他诗歌总量的很少一部分。翻译他的诗歌是艰难的挑战，有些诗过于晦涩难译，我只好放弃，征得诗人同意挑选了另外一些诗来代替。"诗是翻译之后失去的东西？"，注定是要失去的，译者要做的不过是尽最大努力把这种"失去"减到最低。翻译诗歌，还是做一个悲观的乐观主义者为好。

姚风

2022 年 7 月 22 日

目 录

人的证明 3

旅行归来 5

在里斯本(六十年代末) 6

起始 8

列数幽魂 9

葡萄牙 11

南方 12

画像 13

哲学 14

影像 15

童年纪事 17

爱情 19

制作蓝色颜料的配方 20

飞鸟 22

雨弦 23

编故事的人 24

诗艺 26

照片 27

符号学 28

里斯本的一个冬天 30

声明 32

写给一个夜晚和几条狗的交响曲 34

一首外用的情诗 36

遇见 37

展览 38

爱在一九九六 39

世界的重量 41

玫瑰变奏曲 43

肖像 45

仙乐之国 46

完成 47

转动 48

远离 49

醒来 51

原则 52

光的舞蹈 53

秘密谈话 55

基本概念手册 56

市场压力 58

语法练习 60

坠落 62

盲文 63

白色 64

哈姆雷特与奥菲莉亚　66

如何写一首诗　68

巴别塔　70

棋局　72

新文学理论　74

为写一首诗　76

动物学：猪　78

动物学：乌鸦　80

阶级斗争　81

在火车的座椅上　83

有马克思的静物画　85

动词　87

美的奥秘　89

准备旅行　91

灵感论　93

时间问题　97

武汉之名　99

动物学：蜘蛛　101

隔离生存指南　102

黑岛访聂鲁达　104

心爱女人之歌　106

仿贾科梅蒂　108

孤独之歌　110

乡土诗　112

海　114

短诗学　115

金翅雀　116
院子　117
月亮　118
隐喻　119
夜　120
早晨　121
爱　122
诗人　123

世界的重量

人 的 证 明

老人一边卷烟，一边把食指上沾满的唾液

抹在桌面上，有谁会留意老人

这细微的行为呢？就在两天前，我坐在

这里的一个角落，写着宗教随感

和一首哲理意味的诗歌；尔后我写累了，

便用铅笔在磨损的木制桌面上涂涂画画。

此刻，咖啡的残渍和老人留下的唾液

已把这些平庸的涂鸦变成

真正的神话符号。烟草燃起的烟雾

如久远的薄雾，笼罩着这些老人，

时而有客人来到角落，压低声音交谈，

我不禁联想到巫术、咒语或者

来自另一个世界的幽灵。

因此，只要路过我都忍不住走进去，

一天一次或两次：坚持我在无意识中开始的

这个癖好；况且还能听到老巴克斯①讲故事，

这些故事让我口干舌燥，昏昏欲睡。

但在这个外省小城的冬日里，

除了饮咖啡，喝烧酒，

听老人们神吹海侃，

还能做些什么呢？

---

① 巴克斯（Bacchus）古罗马神话里的酒神。

旅行归来

结束几个小时的旅行,我说"我爱你",

而你站在那里,只是左手撑着墙壁,

右手扶住我的肩膀。这样的情形

会让我断定:我日后的个人生活

失去了确定的方向,

但并非出于这个,或者其他原因

我才明白问题一旦出现

就会引起连锁反应。

末了,你把我留在咖啡馆前,

径自去柜台买烟,

然后乘公共汽车回了家。

而我返回码头,在那里消磨掉整个下午,

看着渔民们在启航之前,

如何把疯狂的巨大铁锚从大海拉上来。

在里斯本(六十年代末)

我饮尽杯子里往事融化而成的蜡液。

舌头表面尝到的人的味道

掺杂着苦涩;但是,当蜡液凝固,

舌头在上面滑过,一只孔雀,真实的动物,

打开扇型的尾巴,像一个神,

踩着人的身体拾阶而下。

在它明亮的颈部,秋天里卢森堡风格的花园

在破晓时出现,而教堂和宫殿的穹顶刺破了

黑夜的迷雾。城市的嘈杂声汇聚于寒冷的空气,

像大海在风暴中低吼。

这一切都塑造出北方一个固有的形象。

但很快,梦最原初的影像消失殆尽,

你带着你鲜活的手指和肩膀,

走进咖啡馆的一角。

我们看着冬天到来,

看着我们的生活走不出的死胡同,

看着令人对官方产生憎恶的第一份报纸①。

---

① 此诗写的是萨拉查独裁时期的里斯本,那时人民的言论自由被剥夺,新闻检查制度审查的报纸充满谎言,令人厌恶。

起 始

诗从清晨开始,从太阳开始。
即使无法看见(比如在下雨天),
诗也在诠释万物,给大地和天空
带来光芒,也带来云霞——当光过于强烈,
会刺人眼目。之后,诗与白日
拖曳的雾霭一起升起,穿过树冠,
与鸟儿一起歌唱,与不知
从何而来、流向哪里的溪水一起奔流。
诗言说一切,就像一切皆可言说,
但诗无法言说自己,诗起始于
一个灰蒙蒙的偶然,如同今天的清晨,
也结束于偶然,伴随破雾而出的太阳。

列数幽魂 ①

那个在地狱等我的人

不知道世界末日的到来是否为时尚早,

而离开人间的时间是否已经太迟;

耳畔的风声徐徐穿过夕阳的树枝,

以一种病态的语言坚定而准确地低语着

哀怨:"受刑者最后说的话让我深受

折磨,这样的喊叫不会引起未来的回声;

我剥掉你们对我的怜悯,因为我就要死去,

死在一所已成废墟的房子里。既然这样,

你们什么也不要做,只管保持沉默,让沉默

去装饰清晨的第一缕曙光。"

---

① 葡文里"sombra"的意思是"影子""阴影",但也有"幽灵"的意思。诗人在一个荒弃的老屋里想象了一场地狱般的漫游,遇见了影子般的幽魂。

要忘记使女带来的内容模糊的口信，
黑夜已令她疯狂——她莽撞地闯进了
记忆昏暗的房间。

或者，也忘记那个为了与我混同一体
而临镜自照的人，我不认识他。

你们是谁？是没有睡意的幽魂
在慢慢啃噬这首诗吗？
旅行归来，我坐在你们身边休憩。
你们在死亡朦胧的幽暗中交谈，我并没有倾听。
又或者，莫非是我曾忘记你们，
而现在却把你们拖到身边，
你们惶恐不安，枉然地请求我让你们
放弃那被梦想传染的人生？

你们不要害怕。有人会告诉我
你们是谁，告诉我你们短暂的欲念。一阵
遗忘之风吹动着柏树。没有鸟儿
在这个午后鸣唱。

葡萄牙

你枕着朝北的枕头躺下,

两脚伸进大西洋。你朝上的头颅

梦见秋天弥漫于山谷的雾霭;

当春天将尽,黄色的花开遍群峰之巅,

你的双眼熠熠闪光。像一条丝带,

特茹河把你系在这窄小的睡床上;

你凝望着大海,任惊涛骇浪

把你从古老的睡梦中惊醒。

之后,你转身面向别处,好似

无心再听晨雾的故事[①];你又进入

梦乡,而太阳正在地平线上

承受痛苦。

[①] 这里指葡萄牙国王塞巴斯蒂昂一世(D. Sebastião I,1554—1578)将在一个大雾弥漫的清晨返回里斯本的传说。1578年,年仅24岁的塞巴斯蒂昂国王率大军远征摩洛哥,不幸战死沙场,但葡萄牙人民不相信他的死讯,反而认为他会在一个有雾的清晨返回祖国,继续领导国家。这是葡萄牙历史上最为离奇的传说,流传甚广,包括佩索阿在内的许多诗人都为此写过诗作。

南方

那里,万物简单而繁杂:阳光,

孤独,交替的昼夜,

含情的目光;甚至听到女人的笑声

穿过呼吸般透明的空气,

自远处传来。我站在阳台上,

俯身看见了院墙和菜园,看见了某种

隐匿之物,它在呼唤我,

不管我是否可以回应。

我回到室内,开始煮咖啡。

水烧开了,神秘感会随之消失,

在这个午后的开始,它多余而无用。

画像

你斜靠着墙。幽暗的影子
与雪白的双腿形成反差。
袜子上的花纹纵横交织,
手指刺破了皮肤。双眸
因猛烈的光线而闭合。
微张的双臂,让乳峰露出,
跃向太阳。酷烈的风
穿过画像,变得柔缓。

哲学

我分段构建我的思想：我放在
桌子上的每一个想法，都是我思想的
组成部分；当我看到每一个片段
都变成一个整体，我便再次分解，
以免做出结论。

影像

那个在慕尼黑中央火车站自言自语的人
说的是什么语言？已是夜晚，售卖亭
已不卖报纸和咖啡，而那些在车站长廊里游荡的人
说的是什么语言？慕尼黑的那个男子
没要求我什么，没有任何求助的
表情，也就是说，他抵达了崇高的境界：
他谁也不需要，也不需要自己。然而，
他却和我说话了：一种不等同任何一种
可以表达感情和激动的语言，只是一连串的音节，
其逻辑性与黑夜相悖。我自问，我懂他的语言吗？
或许他想告诉我他叫什么名字？来自何方？
——那时已没有火车了，无论出发还是到达。
如果他告诉我这些，我会回答他说，
在这个德国车站的一隅，我也无人可等，
无人可以告别，还会提醒他，
有些相遇纯粹出于偶然，无需事先约定。

——这样占星术才有存在的意义；至于生活本身，
在占星术之外，会把命运抵押给孤独，而孤独
会在无报纸和咖啡可买的时候，把一个人
推向冷寂的车站，把灵魂的残余还给
缺席的身体——这足以开始一次对话，
尽管我们彼此不过是对方的影子。也就是说，
在夜晚的某个时间，谁也无法确保自己的现实，
哪怕我或者和我一样的其他人，在一个冷寂的车站
目睹了世界上所有的孤独如何被拖入
没有意义的词语之中。

童年纪事

都是那时候发生的:我听说了龙卷风,

它吹倒房屋,吹来异国树木的种子,

把它们播种在教堂的前院;一天晚上,

我正在熟睡,大海闪耀了刹那,公鸡

开始啼叫,叫亮了天;车站站长

骑着自行车从他情人的家前穿过,

她的丈夫是个疯癫的教堂司事;

神父掀掉教堂地面的石板,

用其中的一块去遮盖殉难者的墓穴,

我玩耍过里面的骨头;秋天带来

九月的天空,铅色的云低得几乎可以触摸;

远处在烧荒,火势整夜无法控制;

教堂的钟按时敲响,有时钟楼的门开着,

我们也会进去把钟敲响;

午后的时光多么漫长,谁也不知道

假期何时结束;祖母讲着

森林男孩和狗的故事,不时停顿,

世界因此失去了逻辑;我们从树上摘果子,

用在集市买来的小刀削着吃;

街上,两个兄弟互扔石头,人们关上门,

直到一个把另一个砸死;

世界大战幸存的毒气受害者

高喊"俄罗斯万岁!"我为他画了一幅像;

一大清早,一头猪被宰杀,节日开始了;

地平线一览无余,满眼都是田野,

一直绵延到海边。

爱情

你读了一首诗，
爱情得以表白，文字
概括了一切。

然而，生活过
那一部分
在文字中会留下什么？

灰头土脸的音节，
文法蹩脚的节奏，
杂乱不齐的韵律……

制作蓝色颜料的配方

如果你想得到蓝色,

那么就截取一块天空,放入一个大平底锅里,

你可以把锅架在地平线的篝火上;

然后把天空与晨曦残留的红霞一起搅拌,

直至搅碎:再把它倒入一个干净的盆里,

以避免留下任何下午的杂质。

最后,筛一筛中午的金沙

直到有了深厚的金属色。

如果你想要颜色不因时间而褪色

请把一个烧焦的桃核放进液体。

你要看着它被溶解,不能留下你染指的痕迹,

也不要让黑色的灰烬在金黄的表面

留下赭色。然后,你可以把颜色拿到眼前,

与真正的蓝色进行比较。

你会发现两种蓝色看起来相似,

难分彼此。

我是这样做的——

我，亚伯拉罕·本·犹大伊本·海姆[①]，

来自罗莱[②]的泥金工匠 ——可以把配方给任何

想要仿制蔚蓝天空的人。

[①] 亚伯拉罕·本·犹大伊本·海姆（Abraão Ben Judah Ibn Hayyim）被视为是《如何制造颜料》（*O livro de como se fazem as cores*）一书的作者。这是一本在十世纪制作的古书，是居住在葡萄牙的犹太人用方言写成，讲述的是如何制作用于泥金装饰的颜料。诗人的写作灵感来自这本书。
[②] 罗莱（Loulé），位于葡萄牙南部的古城。

飞 鸟

它们飞落在水边戏水,

好似水也是它们的领地,

它们在灌木丛中栖息,

好似是时间的主宰!

不过,它们知道很快将乌云密布,

吹来冷冽的北风,

它们不得不飞往南方,留下

荒寂的田野,但它们毫不介意,

此时,它们聚在一起啁啾,

把转瞬即逝的时光歌唱。

雨弦

现在下雨了,在仲春

一个意想不到的

寒冷的早晨,雨丝

如竖琴的弦,弹奏着葬礼的哀曲,

我采撷雨弦上的诗句,

避免它们被打湿。

我把它们写在纸上,看到水滴

像泪珠滴进灵魂的地面。

春雨淅沥的时日就是这样:

适宜让诗的池塘蓄满春水,

蓄满古老的音乐,

没有人愿意旧调重弹,

重复另一个时代的无聊诗歌。

编故事的人

这个城市有一片树林，这栋房子前有一块空地；
空地上有一个人凝视着
火光而死去。那天晚上，看不见树枝间的天空，
夜间所有的嘈杂声打断他的思路，
啪啪作响的柴火照亮他的脸，此刻他正在死去。

那时候还没有城市，也没有房屋，
只有森林绵延到远方，那里是
河流、丘陵、山谷、群山、羊群和牛群，
一个男人凝视着火光死去。然而，一个个故事在
他的脑海里穿越时间，抵达林间的空地，
抵达了这个已不见树木和鸟儿的城市。

这个男人还记得，夜晚临近，篝火的火星化为灰烬；
同样的风，吹扫着秋叶和灰烬
却不会吹走他的言语，黎明没有把他唤醒，

然而，他编的故事已离他而去，代代相传，传遍世界，

而人们砍掉森林，建造城市，

讲述了另外的故事。

这个人不知道他编的故事后来怎么样了。

不过，他创作了他的故事，为了有一天别人可以讲述。

诗艺

避免古希腊的窠臼:无瑕的线条,
洁白的大理石,湛蓝的大海。说到底,
在身体被爱的阴影笼罩的地方
才有光,就像冬天植物的根茎;
正是在果实的内部,雨水在腐烂,
生命在坚持。

照 片

我仍然记得：出现在你手指间

的疑问，而你的手已变成叶子，长在

一株抽象的植物上……

那是一个早晨，寒冷冻红了

皮肤，湿气像无形的网罩在脸上。

这个时辰，已不会有出租车停下来，

走在人行道上，脚不得不踩入泥泞。

不过，在咖啡馆，驻足在一个水族箱前，

一种暖意油然而生：是你的爱。

就像鱼撞击着玻璃，却无路可走，

它游来游去，寻找着出口，

寻找着你。而你

抖掉头发上的水珠，不介意

我在这里，你笑了，笑到今天，

笑到其他嘴唇没有了笑容。

符号学

我说到了爱情。有的词语看起来很坚实，
与那些被你的手指拆解的词语截然相反。
比如，孤独，或者，恐惧。词语，任我们
选择，放在诗歌里，就像放进
一个盒子里。但不要这样隐藏它们。
让它们留在外面，不可看见，仿佛它们
不需要我们用声音说出。

现在，我说说词语的作用。它们在
我们头脑中旋转，通过动脉
抵达终点：心。人们会使用另一个词：
爱。但我不说它们是同义词；此外，
有些词语蕴含与字面相反的语义，
唯有深爱之人才深知此意，如果生活
还没有把他引入歧途。

我爱你。我本可以说：我用孤独爱你，

或者说，我用恐惧爱你。

从一个词语开始，一切都可能在白纸上发生，

一切尽在诗里。然而，是这些词语把我引向你，

也就是说，这些词语让你与它们心有灵犀。

正因为如此，爱情、孤独、恐惧，全都混为一体，

还有无法省略的生命这个词语。

里斯本的一个冬天

诚然,里斯本的冬天没有
一个北方城市的特性。空气
湿润寒冷,但不会彻骨,既没有
皑皑白雪,也没有连绵的灰暗。
甚至不会叫人焦躁不安,觉得天空
像裹尸布,包裹着已经咽气的世界。

不过,城市是会骗人的。在里斯本,
在冬天,有人会感到下午孤独袭来,
把他折磨。一个句子的结尾可以给
他带来他对死亡的感知。
对一个不知走哪条路,或者
进哪家咖啡馆的人来说,
所有的词语都不会产生意义。

在里斯本,在冬天,时常会看到

一只蝴蝶在乱停的车辆之间迷失。
它的翅膀不再闪亮,生死未知。当你
伸出手指抓它,它还会挣扎,
想要逃走;但它却飘落在地面。

诚然,在冬天,很少有比一只蝴蝶的死
更有意义的事物。然而,看见蝴蝶的人
会萌生春天即将到来的错觉,
他扪心自问:"这就是生活吗?虫蛹
没有虚无和空虚,它从未感到痛苦吗?"

声 明

我喜欢老去的女人,
她们的皱纹迫不及待爬出来,
头发掉在披着黑色衣服的肩头,
她们的悲伤眼神迷失于
窗幔的后面。这些女人坐在
大厅的角落里,望着外面,望着
从我所在地方看不见的庭院,
我猜想还有其他女人
也坐在大厅的木凳上,
翻阅着廉价杂志。老去的女人们
觉察到我在瞧着她们,我在感叹
她们动作迟缓,觉得我喜欢时间
在她们的胸脯上所做的地下工作。
因此,她们等待着
白昼跑进这个没有阳光的大厅,
她们避免在街上抛头露面,并时而轻唱

那首只有她们的嘴唇

才会唱出的悲歌。

声明

写给一个夜晚和几条狗的交响曲

入夜，一只狗开始狂吠；
在它身后，所有的黑夜之犬
也开始吠叫。尔后，首先叫的
狗不叫了。渐渐地，其他的狗
也静默了，直到回归寂静，
回到第一条狗吠叫之前的寂静。
狗在深夜里叫，无法知道它们
为何而叫，除非你正在瞧着它们。
或许有人从墙下走过，
或许跑过了一只猫（那窜入门内的黑影）。
无需寻找具体的理由
去证明狗为什么夜晚吠叫。
不错，一吠百声，一只狗叫了，
就会唤起其他狗叫，也唤醒了
黑夜，唤醒黑夜的幽灵，
迫使我们看向窗外，

搜寻那些不可见之物，

它们是黑夜的核心，

是世界黑暗的引擎。

一首外用的情诗

我爱你,爱你如

冷漠的囚徒,情人中最

隐蔽的一个。我爱你那写着

苍白倦怠的脸庞,爱你

迟疑的双手,爱你

无意间送给我的词语。

我爱你记住我也忘记我,如同

我记住你也忘记你:在一个

黑白的背景中,你如清晨的白雪

脱尽夜色,赤身裸体,

冰冷,明亮,用玫瑰

迷离的声音低语。

遇见

晚上,我遇见一个斯芬克斯。

她没问我任何问题;她无意打探我什么。

她的翅膀有紫的斑痕;黑眼圈

从她的脸颊滑落。我牵住她的手指,把她

拉到一个角落。我不记得我们

说了些什么;久远之前,黑夜就已经降临。

展 览

墙上的基督佝偻着身体，像一条
才被捕捞上来的鱼。死亡攫走了
他脸上的表情、身体的平衡和肤色，
蜷缩在白石灰上的他，
像在裹尸布里。他空洞的眼睛
睁开着，等待一只手合上眼睑，
以遮盖暗淡已久的瞳孔深处的空无。
博物馆的铃声响了，闭馆的时间到了。
我离开基督，却没有为他合上眼睑；
我感觉他的目光在追赶我。

爱在一九九六

我梦见了你,尽管任何梦

都没有永久居民:你,

我把你称之为爱情,仿佛这样

每年都会给予这个词语

多一点信念。说实话:梦

可能让你再留在我的身边,

尽管我们彼此疏离——

如同写诗的每一个手势

都会把我感受的身体归还给你,

我呼唤着你的名字,

却把你的双唇当成咖啡杯的杯沿,

而咖啡已经冷了。

之后,我一口喝掉咖啡:

对爱也可以这样,当你我之间的距离

已然这样确定——

大地、流水、飞云、江河

以及从冬天晶莹的喷泉盗取的

晦暗的时间之湖。

不过,正是这样,孤独

变成一个寻常之地:

我知道你就在那里,

而我仍和你在一起,

哪怕我再一次呼唤你,

回答我的只有沉默。

世界的重量

我本可以在你的怀抱中摆脱世界的重量；
我本可以把它从我的身上卸下，扔到房间的另一边，
扔进房间某个隐蔽的角落；我本可以
和你在一起，在你身体的轻盈中倾听
时间自一个无形的时钟滴落。

然而，这个世界不放过我。它就在那里，
在房间的深处，带着它的重量。它在等待某人
攫住它，然后弯腰背上它重新走下楼梯，
仿佛我们要做的一切就是背着它，
沿着楼梯爬上爬下，楼内没有电梯。

而我和你一起，当我拥你入怀，希望这个世界
就停留在房间深处的角落里，一动不动。我抱着你，
仿佛你的身体把我从世界的重压之下解放出来，
仿佛这个世界不再等我，仿佛是地球仪

在上下楼梯，在这个没有电梯的大楼里。

但是，爱情也承载着世界的重量。
在我抓起它，交给轻盈的你之前，
我们告别时所说的话语带来回声，它来自
我丢在房间深处的那些东西，
我不愿你离开这个家，你不必像我一样，
去外面承载世界的重量。

玫瑰变奏曲

就像野玫瑰可以

生长在任何角落，爱也会

在我们意想不到的地方制造奇迹。

爱的原野一望无际：身体与灵魂。

此外，还有感觉的世界，

无需敲门即可进入，

好似门扉一直敞开，

人人都可以进去。

是你，给了我爱的教育，

你采摘野玫瑰：深红的花

映照着你的脸庞。芬芳

沿着你的胸脯奔涌，在你小腹的入海口

恣意汪洋，最后飘向

在微风絮语中散开的秀发。

我从你的唇间，

窃走了所有的花瓣。

如果说这些玫瑰超离时间而永不枯萎，
那是因为植根于爱。

肖像

我爱你；你蜷曲的身体
在记忆的镜子里，在掩藏
我们的疏落灯影里。我把你
自镜中取出端详：你白皙的脸
荡漾着水的微笑，
你如黑夜柔软的身躯
扑倒在我的身上，
让我抱住你，直到天亮，
直到睡意合上你的双眼，
镜中空无一物，我在诗中
凝视你的倒影。

仙乐之国

在天堂，在黄金时代，
听见天使们在演奏竖琴
和长笛，云朵如羊群
缭绕在他们身边。圣徒们
拿起剪刀，开始
剪裁云层。天空低垂，
草原上，灵魂们
相聚一起，下雨了：
黄金时代已不再打伞，
所以灵魂们感冒了，
他们咒骂着羊群、云朵
和圣徒。只有天使们继续
演奏，快乐地嬉笑，听着
雨珠落下，夹杂着
灵魂们的喷嚏声。

完 成

但诗就是这样，用一个个词，

一个个句子，慢慢建构，

直到完成。我不知道

如何把它完成；或者说，一首诗

是否需要完成。因此我向你求助：

我把你的身体

抱进诗中，把它放在诗节的

床榻上，为你脱下句子

和形容词，直到看见

你成为赤裸的人称代词。

我们就这样，把词语、诗句

以及无需言说的一切

置之身外：

我们呼喊着爱

一起把诗写完。

转动

是你的眼睛容纳了整个世界，
哪怕你转身把我带向远离你的他乡；
如果你转身，我在你的眼睛里看见
我的眼睛，这并非世界已经停止，
而是因为那短暂的一瞥，让我们想象
只有我们才能把地球转动。

远离

我想告诉你一件小事:你的远离,
令我痛苦。我说的这种痛苦不伤及皮肉,
但触及灵魂;尽管如此,还是
留下了一些疤痕——你变得沉重,
在我的目光中,在你留下你的位置上;
我的手里满是空无,仿佛你的手
掠夺了我的触觉。但我想告诉你,
这些都是爱的形态;补充一下,
当我们意识到梦与现实的差异
一件小事也会变得复杂。
然而,正是梦让我返回你的记忆,
而现实引领我走近你,现在
日子过得更快了,文字羁绊于
一个又一个飞逝的瞬间,
此刻你在我的最深处呼唤我

——我告诉你一件小事：

你的远离，令我痛苦。

醒来

这一天的开始,看起来无异于

其他时日。同样的阳光从窗口涌入,

同样有工地和汽车的嘈杂,人声的喧哗……

但是这一天,我感觉若有所失:

没有你的声音,没有你时刻给我的惊喜,

没有你那奇异的光芒,它不是来自外面,

不是来自同样的街道和同样的天空,

而是来自你的内在。

因此,改变世界和万物的

不是世界,不是万物:是我们,

是把你和我拴在一起的纽带——

它不是我们的身外之物,

而是我们今生的所有。

原 则

我们本应对死亡
知道多一点。但这不会让我们
萌生快点死去的
愿望。

我们本应对生命
知道多一点。也许我们无需
长命百岁,只要明白
活下去的理由。

我们本应对爱情
知道多一点。但这并不妨碍
当我们懂得爱之后,不再去爱,
而是让我们更爱,但我们会发现
即使如此,
我们对爱依旧茫然无知。

光的舞蹈

我翻看你留给我的图像。
背景枯槁的色调中,光线变幻,
其余的仍保留原样,
甚至听到风吹树叶,沙沙作响。

在时光迟疑的更替中,
我夯实记忆。我把谜底所有的零件
都摆在桌子上。我把它们
混在一起,让一切
变得不再简单。

然而,你的名字
呼唤我。你的声音清空
我周遭的事物。你携着
黑夜的炽光走来,描画
离别的光晕。

真空溢满生命。

视线里,那张被捅破的蛛网

悬吊着一条条蛛丝。

秘密谈话

你会告诉我：黑夜就是和你在一起；
就是玫瑰脱离时间绽放；
你会告诉我：夜晚我们把耳朵贴近大地谛听，
就会听见从墓地最奇异的那个墓穴
传来爱的声声叹息。

但在那个午后，我和你躺在
草地上，只有鸟儿在我们遮阳的树枝间
拍打着翅膀，
我并未想到我们身体下
那些已经安眠的身体。

即使地下没有人，
地下河也将把我们呼吸的回声带到远方；
那里有人听到我们在树下交谈，
在夜幕降临之后，在我们离别之时。

基本概念手册

你要用一首诗在你的生命地图上

制定一个生存策略。请使用

意象这个工具,你知道

它将为你提供快速抵达

灵魂的矿脉。要避免深陷悲伤的泥沼,

打开灯,当你的时间枯竭,光芒将为你

带来明天的清晨。如果你要寻找

生存之困的替代品,那么就在

身体的仪表板上重装欲望,

并用一个个新词打印你的感觉。

你无需掌握控制系统的所有规则:

你只要穿过记忆的屏幕,

就会有人助你走出困境。

选择一个光滑的平面:让你的目光滑过

诗节的河口,把激情的湍流

推向三角洲。然后检查

所有的选项是否正确，并确认
梦想成真的日期与时间，
好让诗歌与生命融为一体。

市场压力

你们借一些词语给我的诗歌吧,或者我
赊账向你们借一些音节,好让我在市场上
赚上一笔。但隐喻的价格飞涨,
逼我只能使用简单的意象,没人要的
便宜货:是一朵花吗?是田野的芬芳吗?
是涌动不息的惊涛骇浪吗?
怎么没人向观涛者索要利息?

目前,词语价格高昂。我查阅字典,
寻找花费更少的小词,如果
我把它们随意放在一行诗的结尾,
也无需偿还借债。
问题是,我为韵律要花掉两倍的钱,
哪怕我跑遍所有市场,他们给出的价格
都高出我的购买力,我买不起。

当他们要我付账，

我要付给他们几成呢？我打开钱包，

翻遍口袋，却空空如也：

象征为零，比喻售罄；隐喻呢，一个也不剩。

谁可以帮我？哪个诗歌基金可以救我？

最后，我只留下一个音节：ar①

至少有了它，谁也无法阻止我呼吸。

---

① 葡语中"ar"是"空气"的意思。

语法练习

风
用地平线的
嘴唇
掠过你,
而一片奇怪的云
如黎明悲苦的围巾
把你包裹:把你的手给我,
现在你的名字
在大地的听觉中延宕;
或者沿着那条地下的河流
涌进镜子的深处,
那里没有任何声音
把你呼唤。

你[①]，人称代词中最抽象的

一个，穿着最后一个元音的

消防衣，如同

一个寂静的影子

在呢喃与记忆之间翩舞：

在天亮之前，别带着

迷蒙的欲望之梦

或者我凝望你的

须臾之光

离我而去。

你留在我手指上的墨渍，

像一个残留的诗句，

像一个没有面孔的秘密；

或者带我一起走，

洗掉所有的反身词和代词，

让源头的水声

引导我找到我的宁芙女神。

[①] "你"在葡语中是"tu"，以五个元音的最后一个"u"结尾。

坠落

一个天使逃离天堂。

来到人间,他看到自己有一个影子。

因此爱上了它。他亲吻地面,

影子消失了。他跑遍

所有的国家、大陆、海洋和高山。

每当他触及影子,影子总是

从他身边跑开。

"你为什么不返回天堂?"

上帝问天使。

"天堂里没有影子。"

天使回答。

当他展翅欲飞,

影子便把他拉回地面,

在人间所有的影子中,

他终于失去了自己的影子,

永远地失去。

盲文

我翻看你的肌肤之书
来阅读爱情；我徘徊于每一个
音节，每一个元音柔和的
沟壑，每一个辅音短促的
羁绊，直到它们走进
我的感官深处。我撕下
你的欲望为我打开的书页，
听着词语汇聚时摩擦出的
呢喃，如若两个身体
在字字句句中
相拥在一起。
为回到初始，
为铭记我已知晓的一切，
我抵达了终点，
每当翻看你的肌肤之书，
总是常读常新。

白色 ①

你不要探寻，白色之外的白色

是什么，这是幻觉：大海在大海中绵延，

白色用风的嘴唇将其吞噬；

你也不要追问

被白色的海平线隐匿的面孔，

只有寂静才会告诉你

你不知晓的答案。

然而，如果海平线还给你目光，

你在白色中才能瞥见

面孔上的光芒，

当风撩起大海的帷幔，

也许你会在大海深处辨认出身体，

---

① 此诗是诗人拜访住在波尔图的诗人埃乌热尼奥·德·安德拉德（Eugénio de Andrade，1923—2005）之后而写，后者著有长诗《白色上的白色》，其住所位于杜罗河进入大西洋的入海口附近，可看见大西洋。

天空在此栖息，白色与大海融为一体。

白色

一张脸依偎着黎明的睡床，
紧闭的双眼中，海平线的白色
潜入白色深处的大海，
就像风为你打开的白日之光，
但它不是白色的，像是
海底掩藏身体的围巾。

而每一朵掠过天空的白云
都是一张脸，显示着
海平线之外的白色看见的白色。

哈姆雷特与奥菲莉亚

并非每一天哈姆雷特

都会坐出租车去埃尔西诺①，在那里奥菲莉亚

为他速煎了几个荷包蛋，等着他到来。

出租车里，司机问：去哪儿？他不太确定。

走近路。哈姆雷特答道。

司机不明所以，徘徊于是与非之间，

而荷包蛋正在变凉，

哈姆雷特要司机问一下波洛尼厄斯②，

他该知道是否有通往丹麦的高速公路。

其实根本没有，哈姆雷特

只得搭渡轮去埃尔西诺。

奥菲莉亚把煎好的荷包蛋扔进了垃圾箱，

---

① 埃尔西诺（Elsinore）位于丹麦，莎士比亚的《哈姆雷特》第一幕的场景就是埃尔西诺，哈姆雷特接到父亲的死讯后，回到埃尔西诺参加父亲的葬礼，在此遇见父亲的鬼魂，并得知父亲的真正死因。
② 在《哈姆雷特》中，波洛尼厄斯是奥菲莉亚的父亲，被哈姆雷特误杀。

心想他可能更爱吃麦当劳。

哈姆雷特付了该付的车钱,走下出租车,

穿过花园,却不知道该做什么,

此时,奥菲莉亚用手机打电话给他,

问他哪条河最近,她要做她该做的事情。

如何写一首诗

要谈论如何写出一首诗,
谈论修辞是没用的。方法其实很简单,
无需精益求精,也无需任何公式。
例如,我摘了一朵花,但不是
长在田野的花,也不是花店和市场出售的花。
它只是一个音节之花,或许花瓣是元音,
根茎是辅音。我把花放在诗节的花瓶中,
让它存活。为了不让它枯死,
可在水中放一块夏天,它是从想象中采集而来,
如果赶上雨天,就让雨从窗户飘入,
让清晨新鲜的空气用蓝色填满房间。
就这样,花与诗难以分辨,但这还不是诗。
为了一首诗的诞生,花需要找到
比自然界更缤纷的天然色彩。
可能是你面孔的颜色——当太阳照耀,
你的脸颊如此白皙,也可能是你眼眸深处的色泽,

让生命的底色与生活之光完全融为一体。

然后，我把这些颜色倾入花冠，

传遍簇叶，就像树汁

流过灵魂所有隐秘的脉管。

我可以采摘这朵花了，它就是我手中的这首诗，

是你送给我的。

巴别塔

巴别塔之前，

所有的译者都是失业者。

巴别塔之前，

辞典出版社无法存活。

巴别塔之前，

没有塞万提斯和歌德，也没有"法语联盟"[①]。

巴别塔之前，

同声传译只是鹦鹉间的学舌。

巴别塔之前，

没有人说："我有语言天赋。"

巴别塔之前，

甚至蛇在夏娃说话时也吹起口哨。

[①] 法语联盟（Alliance Française）创建于 1883 年，是法国推广其语言文化的非营利机构。

巴别塔之后，

人们鸡同鸭讲。

巴别塔之后，

只有眼睛说一样的语言。

巴别塔

棋局

我知道我爱你

也知道爱艰难无比,

我默默摆好棋桌,

把棋子放置在棋盘上,

再摆好所需要的椅子,

让一切准备就绪:

椅子面对面放着,

尽管我知道

我们的手不可触碰,

也知道对弈中的难题、

迟疑和进与退,

或许,唯有我们四目相对

才有可能心领意会。

就在此时,你来了

如一阵北风

从打开的窗子吹入,

把整盘棋局吹进了风中,

寒冷使你双眼盈满泪水,

你把我推向深处,那里

烈火烧灼着

我们的困局所残留的一切。

棋局

新文学理论

何谓文学？当明媚的春光浸染你，

文学不仅仅是我在你的明眸里

捕获的激情，让我在清晨与午后的交替瞬间

描述变幻的色彩；也不仅仅是

在一个个悬崖把我引向你的潮起潮落时，

你的嘴唇回报我的笑语。

我要说，当我们坐在生存的边缘，

文学容纳万物，是滋养一切的虚无，

是从我们生存的境况中诞生的爱情；或者说，

在冬天的一次偶遇中，文学是死亡

隐藏的阴影，是让我把言说的词语

从遗忘的囚禁中解放出来。

文学对橄榄和橙子的记忆，

是童年结满果实的夏天；

文学是老人跌倒在正在到来的秋天里，

我知道，主人很快就会离开

庭院中的那把椅子；文学是你的身体

在我的身体里刻写记忆，放大影像；

文学是生命的一瞬烹煮的一桌盛筵，碟子盛满

幻梦，酒杯斟满时光无色的喧哗。

没有必要学习文学；文学随性而生，

扇动着沉默的羽翼飞翔；文学

是在它所热爱的运动音乐中放声歌唱。

文学是不期而遇；当我与文学相遇，

彼此的目光交织在一起。文学

就在这里，在我迈出的每一个脚步里，

坚定而又脆弱，如同田野间的小花，

当我们采摘，它才获得新生，并永远

绽放在我们赠予他人的手里。

为写一首诗

诗人想写一只鸟:
而鸟从他的诗句间飞走。

诗人想写一个苹果:
苹果从栖居的枝头掉落。

诗人想写一朵鲜花:
鲜花在诗节的花瓶中枯萎。

于是,诗人用词语做了一个笼子,
这样鸟就不会飞走。

于是,诗人叫来蛇,
蛇诱惑夏娃咬了苹果一口。

于是,诗人用水浇灌诗句,

这样花儿就不会枯萎。

但被关在笼子里的鸟儿
不再唱歌。

蛇没有从地里爬出来
因为夏娃害怕所有的蛇。

水应该流进诗句
让鲜花活着盛开。

诗人放下手中的笔，
鸟儿开始飞翔，
夏娃跑着穿过苹果树，
原野上百花绽放。

诗人重新拾笔。
写下他的所见，
完成了这首诗。

动物学：猪

猪像人一样，在柏拉图
的洞穴里存活：它的世界
是阴影的世界。

当它拱着地面，
便看到了天堂；当它抬头看天，
一把刀架便架在了脖子上。

不过，猪也有梦想
它梦见自己有天使的翅膀，
猪舍高在云端。

在猪的梦境里，上帝像它一样
嚎叫，天堂之树
结满了橡果。

因此，猪总是用鼻子拱嗅地面，它要拱出一个通向天堂的裂口。

动物学：乌鸫

笼子里乌鸫，尖喙还是黄黄的，

与没关进来时一样。它蜷在一角，

可怜的它，看上去很是自责，

尽管是某个人的过错它才被关进笼子，

乌鸫不会从天上掉进笼子。

有些鸟儿就是不幸，

哪怕还是黄口小雀，也被关进笼子。

它们不歌唱。不飞翔。不鸣叫。

它们是盲鸟，

如智者一样沉默，

又沉默如清醒的先知。

无意间，我给乌鸫打开了笼子，

它却待在原处，

一动不动。

阶级斗争

每个建造大教堂的人所看到的

并非一样。有的人在阳光下筑起

高楼和尖塔,抵达了天庭,

有的人却被推进地窖,在烛光下描画地狱,

为那些寂寂无名的死者

预留位置。那些抵达天庭的人接收

神圣目光的注视,见证了春日黎明的喜庆;

那些留在地下的人,从潮湿的墙上

抠出魔鬼迷狂的手势,染上淫行与疾病。

然而,大教堂是独一无二的,

参观它的人,无不赞赏它的整体的恢宏,

说它令人叹为观止,从而忽略了建造的细节。

如果人们今天看到的,只是石头

在天空凿出的轮廓,谁又会留意

那些在黑暗中劳役的人?

他们的眼睛聚精会神地描画,

让图像从黑暗中显现,从而丧失了视力,由此得出结论,是不平等催生了和谐,是人类失衡的秩序让我们所赞叹的奇迹从空无中诞生。

在火车的座椅上

我坐火车去海边,她坐在对面的座位上,
用手紧抓住帽檐,目光穿过
风和随风飘来的火花,眺望着乡村景色,
我不知道她在想什么,这正如她所愿:
让我不知道她不知道该想些什么,
风把她放下的帽子吹向后座,
我要去拾起它。此刻,
她用手捂住头发,我则让时间
在拾起帽子和归还帽子的间歇停顿,
这样她可以与风对抗,避免风吹乱头发。
当帽子又戴在她的头上,她看着我,
眼睛仿佛闪烁出从火车头飞来的火花,
燃亮我前往海边的这个早晨,
在这个木制座位的车厢里,她让我
不知道该想些什么,时至今日,
当一阵突如其来的风

吹进我对她的记忆，吹落她的那顶帽子，
她的头发迎风飘舞，却没有一只手伸出来
把头发捂住。

有马克思的静物画

提着水果篮子的农妇们

把篮子放在房前的石板地上,

让女士们任意挑选,当农妇们

看到女士们讨价还价,才明白

什么是阶级斗争。她们要么降低价格,

要么不卖。当她们提着空篮子

回到乡下,口袋里只多了几文小钱,

聊胜于无,她们忧心忡忡:冬天来了,

如果家里有人生病了,等待她们的会是什么?

如果不下雨,树林一年比一年干枯,

又该怎么办?然而,在女士们的宅邸,

水果摆在了桌子上,但人们不会谈论

这样的琐事。有人摘下一粒葡萄品尝,

但不会尝到辛劳,在这短暂的一瞬,

他不会看见那双采摘葡萄的手,

在这个早晨,他的脑子里不会装下

这样的想法:篮子里装满了阶级斗争。

动词

我把词语放在桌子上；为了
使用它们，我把它们切成片，
掰成一个个音节送进嘴里——它们在嘴里
重新黏合，再次掉在桌子上。

这样，我们一起交谈。我们交换
词语，盗取我们不拥有的词语；如果我们
拥有的词语太多，就送给别人。
每次谈话都会留下多余的词语。

不过，当我们离开，把一些词语留在桌子上。
到了晚上，它们渐渐变冷；如果一扇窗打开，
一阵风会把它们吹落在地。翌日，
女佣会把它们扫进垃圾箱。

因此，我离开之前，我检查桌子上是否还留有

词语，我把它们装进口袋，没有人留意。

然后，我把它们放进抽屉里保存。

早晚有一天，它们会派上用场。

美的奥秘

绝对的呈现发生在一个水杯中，
此时太阳冲破云层，在这个
灰暗无比的早晨，以意外的光芒把水杯照亮。
有时，不可知论者认为，不真实的事物
纯粹来自逻辑上的自圆其说，
似乎偶然性并不存在。
不可知论者的做法是，当他发现
自己的脚踩在所知的事物
与无需探究的事物之间的界线时，
便把自己放在人为的立场上，
不接受美可以无中生有。因此，
当我端起水杯喝水，感觉
晨光溢满我的灵魂，仿佛
水不仅仅是无色无味的液体。
不过，当我放下空杯子，恍惚觉得
照进杯子里的晨光消失了，

这小小的美多么脆弱啊!

或许,我不该喝尽杯里的水,

我该继续渴着。

准备旅行

收拾行李时,我要想好在行李箱里

该放的东西,以免遗漏。我拿出

辞典,抽出那些和护照一起使用的词:

赤道、地平线、海拔、纬度、

飞行时偏爱的座位。他们叫我

不要带多余的物什,但我还是

往箱子里塞:一轮落日,让

黑夜不要过早地降临;对你秀发的轻抚,

我的手不能忘记;那只在家的后花园

孵出来的小鸟,它总是不知缘由地啼叫。

还有其他东西,看似无用,但我必须随身携带:

一个在深宵反复斟酌的诗句;

你一睁开眼便瞥见的星空;

还有几张纸,用来书写与你的分离。

如果我被告知行李超重了,

我就把它们都取出来,只留下你的形象,

忧伤微笑里的那颗星辰,还有一声
"再见"留下的凄凉回音。

灵感论

我不知何谓灵感。不过，我曾说起过它，
还知道，希腊人把它作为参照点，
特别是每逢在诗学上区分人与神的作品时。
然而，人类的命运跌宕起伏，在留下的伤口中，
众神已经结痂，消失了，他们埋没于
古城的废墟之下，或被刻在筑造新城的大理石上。
而灵感，已被缩减为一团朦胧的气息，
来自形成意象的晦暗的精神。
从此之后，再没人相信形而上的假设，
仿若一首诗只能就一个词语或意念写成，
在深刻的本质中并无火花闪烁，诗歌从此
无法抵御时间的销蚀。

此刻，当值得赞赏的神秘性介入我与我的写作时，
我产生了疑问：是谁的手把一行词语
推给新闻审查，任其干预，并准确地

描绘出完美的图景？如果我知悉这些，
也许我根本不会写诗：质询乃诗歌之本，
不是仅仅编织词语聚合而成的意义与意象之网，
我把网抛入诗歌之海，试图打捞海底的谜底，
而它在海底的深渊无法以人类生存的苦闷为生。
只有当我读到诗歌，我才会扪心自问：
我为何要写下这一切？这些隐喻从何而来？
那把我引向诗歌入海口的类比手法，来自哪条江河？

不过，我所读到的一切，回答着我的疑惑；
如果诗歌最终可以回到灵感的初始，
我会心感安慰。诗的气息，以及贯穿其中的生命，
不属于我；当我进入诗，它好像属于我，
我仿佛来到异地他乡，我走在把自我带离自我的路上，
直至穿越必须穿越的边界，抵达一片废墟和衰败的村落，
在此我从事考古学家的工作，以发现属于我的事物。
如果一切皆有符合逻辑的思想，我会更接近一个哲学家，
会把创作缩减成一门技艺，根据成人和儿童的特性把文学
分成不同的类型。但这种说法更像是建筑师所为，
而不是诗人。对于一个栖居在诗句与意象中的人来说，
建筑师所描绘的房子是奇怪的，时刻都会遭遇
难以预知的变化。

我打开朝街的窗子，呼吸早晨清新的空气，

把我的元气解放出来。但是，我的窗子面对着其他房子，

我看不见庭院深处的花园，看不见红花绿叶。

因此，我只能漫步纸上，穿过温室里的植物，

它们根植于词语的泥土；而我呼吸的空气

从音乐里飘逸而出，音乐漫过意象中的意念，

通过意象我认出熟悉的一张张面孔，它们

从我记忆的晦暗之处浮现出来，来到我的面前，

准确而清晰，仿佛身体重获了真实的存在。

在这些面孔上，我看到最后一个春天归来，

大自然聚合了所有的感觉。你还记得吗？

三月的天空，在寒冷的蔚蓝中裁剪着白云；

或者我看见你的眼睛，倒映在最后一场雨

在路上积留的水镜之中，

大地之路曲折蜿蜒，没有出口。

天亮了，我听见你的歌声。我被唤醒。我从水中

诞生，就像湖水漫过卧室，而梦的灌木

收留了昏睡的鸭子。群山的影子

沿着墙壁倾泻，白雪空旷了田野。往事的魔方，

曾在我灵感的桌子上转动，再落入诗中，

每一次转动,都以不同的角度显示我没有忘记的片段。
我收拾偶然性给我的这些元素,重新分配,重新建构:
一首歌不只是行云流水,也是声音的爆发,
我把这些元素融入音乐之中。知道这一切是必须的:
其余的,不过是生命的运动倏尔即逝的一部分,
而生命之河,沿着我们未知的河道奔流,
直到涌入我们没有见过的入海口。

时间问题

在房子的一侧，孩子们在玩耍时间，

而时间飞逝，让他们不再玩耍。

隔壁的房子里，一条狗看见时间流逝，

开始狂吠，吓得时间贼一般逃之夭夭。

在街上，乞丐哀求每个人施舍他一块时间，

但人人都说没有时间给他。在咖啡馆，

我要了一杯浓缩的时间，因为我没有时间睡觉，

在我身边，有人要了一杯满溢的时间，

因为他需要时间来慢慢啜饮。

有人因为缺少时间而狂奔，而时间追赶他，

把他抓住。在地铁，一个女孩子悠然地

走过站台，比起那些斤斤计较而节省时间的人，

她好像有更多的时间。当有人们问我是否有时间，

我会看看手表，似乎手表有用不完的时间，

然后我请求他们清空我的手表

拿走我所有的时间，不留一分一秒，
以便让我有时间看看究竟过去了多少时间。

武汉之名

在武汉的中心

我头脑的中心记忆的中心

诗歌中最具象的中心

词语的中心

我抓住武汉的光芒之手

每一扇闪亮的窗棂之手

徜徉在武汉长廊里的阴影之手

用武汉的全部声音吟诵诗篇的诗人之手

在武汉,我在女人的脸上看到了

所有女人的五官之美,她们的脸庞

被想象力投射的光线照亮;我看到了

所有女人的雕像,看到了美

这些女人住在这座诗歌无尽的城市

这是平静的手,流汗的手

迟疑的手,它们沐浴着武汉

独有的晨光,它们是世界的中心

当斜阳西下,落在

武汉的湖泊上——波光之湖

我从武汉带回浩渺的记忆之湖

一起带回的,还有晨曦的脸庞

午后的双手,以及武汉记忆的大街上

灯火通明的黑夜

动物学：蜘蛛

蜘蛛彻夜结网。

它选择了一个安静的地方，

扫帚够不到的地方，

它不想睡觉的事情。

早晨，当窗户

打开，太阳照进室内，

穿过蛛网的阳光，

被蜘蛛捕获。

蜘蛛笑了，当看见

太阳困在

它织就的网中。

隔离生存指南

你让一张脸枕在靠垫上,面对着你,
这张脸好似入睡,但眼睛睁着,头发间
露出一只耳环。

你琢磨着如何与她耳语,
你小心翼翼,以防在耳环和如画般的
纯洁脸庞之间,丢失任何音节。

不要把话一次说完,把一些话留到
未来的时日再说,就像你每天一行,
十四天写成一首十四行诗,此时要两天写一行。

品尝她的嘴唇,仿佛有石榴的味道,
但不要一次尝尽,亲吻如石榴的果实
要一粒一粒品味,唖吮每一滴汁液。

要记住你送进她耳朵里的声音，即使时至今日，
当无言的痛苦折磨你，这个声音还会回返，
再次发出美妙悦耳的乐音。

无需考虑时间的紧迫，也无需无谓地忧虑，
紧握你手中的手，让手保留手的形态，
好似时光不会飞逝，没有尽头。

此时少说为佳，让你要说的心里话
带领你去期待一个幽约，
到那时再用尽你积攒的千言万语。

不要忘记，让记忆的手指穿过秀发，
再一次感受那美妙如画的微笑
灿然闪烁时散发的生命之馨。

黑岛访聂鲁达

我在聂鲁达一生采拾的贝壳中走过,

我知道每个贝壳里都有一个大海。

当贝壳掀起风暴,我听见聂鲁达所有的大海

在呼啸;我听见水手们紧紧抓住桅杆在呼喊,

船正在沉没。而我也在呼喊,

在黑岛,在聂鲁达居所的附近,我拾起

一个贝壳,这应该不算偷取

聂鲁达的贝壳。我不知道如果我拿走,

他会说些什么;但我知道听完我的解释,

他会原谅我:"我想要的只是

一个贝壳,最小的一个,我偶然

在礁石间拾到的那一个。"而他会问:

"你为什么要它?"我必须找一个

适当的理由来解释我的行为:"我需要它,

它可以让我听到我心爱的女人的声音。"

聂鲁达会对我说:"就为这个吗?那你

拿去吧。它是你的了。"就这样，当我想
听你说话的声音，就把贝壳放在耳边，
好似它不是我拾到的，而是聂鲁达送给我的，
我听见你自贝壳的最深处，对我诉说。

心爱女人之歌

我知道,没必要谈论这个被称之为爱情的奥秘,

它无法解释,哪怕看上去如此简单。

或许是天空投射在你身影后面的墙上;或许

是一片蓝色的大海折射在你斜方格的黑白裙子上;

或许是一棵树,你把它的一枚叶子抚平,

就像抚慰肌肤;或许是这些云朵,

我看见它们飘向你的城市,洁白地打开

一条通向你的光明之路。但我说的不是

那种神秘的爱情,这种爱情把被爱的人塑造成

一种抽象的理想,它不是来自相爱恋人们的拥抱,

只在想象者的孤独中才获得肉体;这种爱情

把你的形象化为一个遥远的女神,或者

用声音念叨着你的名字的每一个音节,

用舌头滑过你存在的本质。因此,

我不需要谈论其他的奥秘来谈论爱情,

此刻也不需要说我爱你,只知道

事情就是如此：你是爱的唯一解释，

当我思忖什么是爱的时候，

你的声音在这首诗里告诉我爱你的理由。

仿贾科梅蒂 ①

以这样的方式,我为你

创作了一座座纤细的雕像,

它们奔向云端,像是写满爱的诗句。

秋天的土地,芳草萋萋,

我把雕像种进地里,看着它们

根须蔓延,

抵达阴影的围墙。

其中一座雕像

身躯柔美炽热,如鲜活的身体,

它把唇间的絮语,

送至我的耳畔:

---

① 阿尔贝托·贾科梅蒂(Alberto Giacometti,1901—1966),瑞士雕塑家,其雕塑和绘画中经常出现拉伸延长的人体,以此表达现代人的焦虑和孤独感。

这正是你的所言,
也正是我为你而写。

仿贾科梅蒂

孤独之歌

爱情是那个空房间,突然,

你走进来,把房间填满。你脱下的衣服

堆积成小山;我没有留意光线

从打开的百叶窗照进来,也没留意

夜晚短暂的灯火,

我看见的只是你的肌肤在闪光。

爱情,是那本

正要打开的书。是在风中摩擦

玻璃的树叶,嚓嚓声伴随着

手摩挲身体的声音。

是一直在唱歌的那些鸟儿,仿若

春天没有归期,爱情没有尽头。

不过,一切都是那个瞬间的永恒。

你对我念的那首诗,里面的四季

借你的嘴唇交替转换。无需去看

并不存在的时钟；也无需知道

那个时刻听到的是谁的脚步，好似

你到来时，除了你的还有别人的脚步。

我没有计算过有多少这样的房间，

我不知道当门打开时，永远打开，是夜晚还是白天。

我不知道多少次要合上的这本书

还是不是要打开的那本书。

光亮，仅仅是一缕光亮，

从那条街道照进来，让我无数次看见你，

让我在这一隅之地仍旧听你倾吐爱意。

乡土诗

就在此时，脚步迈向
干涸小溪的石头上。仍有蛙鸣
从灌木掩映的池塘传来。
双手撩开树枝
为了抵达宁芙或幻象之地，
在此，你的身体
在明媚的绿色之上
勾勒欲念的犁痕。

在白蜡树的树荫下，
我可以拥抱你；听鸟儿
在你急促的呼吸中歌唱；
寻找乡土诗中没有的诗句，
而你的手帮助我完成。
我在你的肌肤上书写，
写下藏有秘密的文字，

再和你一起把它们抹掉。

是的,那些学习过
爱情修辞学的人说过:
那不可说出的,
最终要说出来。

海

风势平稳,防波堤上
海鸥翩飞。惊涛
震耳欲聋。岩石间
传来水流声。海边
呼喊声消隐。

森林,一条条桅杆,
船泊在那里。

短诗学

诗的馈赠:
各种声音化为
抽象或自然的意象
如水下不可见的
珊瑚。

金翅雀

一只金翅雀跳下一首歌的阶梯,

栖息在歌词上,

金翅雀伸出尖喙,衔住歌声,

以防掉在地上。幸好金翅雀

正在看向天空:这样它

看不见你在草丛和枝丫间

散开的头发,也看不见你撑在

斜坡上的手臂。不过,你的呼吸

和金翅雀一起唱歌;

当风掠过枝丫,笼罩一片寂静,

只为金翅雀振翅飞出,

你看着鸟儿跃出巢窝,笑了。

院 子

在这里我找到了你：一只雌鸽
歇息了片刻，寻找飞越
围墙的出路，然后消失在
阳台与晾衣绳之间。

月亮

当清晨的镰刀收割黑夜,

一阵黑色的哭声消隐。是太阳

升起来了,哪怕眼睛

无法看见。是鸟儿醒来了,

在无数的枝头上,在

漫长的水湄!但是

我们没有听见鸟鸣。收割

已经结束,没有什么

被唤醒;是梦境

让我们羁留在云的旷野上,

依偎着

缀满白色珍珠的女神。

隐喻

我在未来的沙滩上筑起一座城堡。
有雾的塔楼、烟的城堞和摇摇晃晃的
吊桥。我看到沙子流进
世纪的沙漏；一支波浪大军
冲破无垠的界限，
推倒早晨的围墙。

夜

夜就这样到来,
天空不见星辰,光亮
自你的眼眸流淌,
如同泪水,浸湿了
你外衣口袋里的手帕。

冰冷的回音
划出一条线,从天空
降至你不再
凝望的地方,它压在
你的肩头,迫使你忘记
一次次离别。

早晨

和你一起醒来，看着你的眼睑如何
睁开，梦的窗幔如何打开，你如何
把夜的沉默从唇间抖落，好让你
初绽的笑容带给我全新的一天：

因此，我的爱，我意识到，生活
就是和你一起回家，打开门窗，
谛听鸟鸣，沐浴清新的晨风，只要
你回到我身边，一切就会重新开始。

爱

你的眼睛闪烁着苍白的光,

我已经迷醉,

但我仍饮尽你的杯盏;

你再次斟满,

我们知道,这是解不了的渴!

诗人

现在,诗人从事进出口工作。
他进口隐喻,出口比喻。
他算是一个
自由职业者,
与那些用蓝色笔记本
记录欠债和收入数字的人
没有不同。其实,他只对
文字欠债;他拥有的
只是句子的空洞,冬天
他斜靠着窗,当窗外下雨,
这种空洞就会发生。
此时,他会想到
可以进口太阳,出口乌云。
他可以是为时间做工的人。
不过,在某种程度上,他所做的
无异于喜爱雕刻运动的艺术家。

世界的重量

他用须臾的石头,划破

走向永恒途中的事物;

他的手势悬在半空,去梦想天空;

并在坚硬的黑夜上

固定翅膀的振动,镌刻出蓝色

以及睿智死神的休憩。